L'Ami retrouvé

FichesdeLecture.com

L'AMI RETROUVÉ (FICHE DE LECTURE) 4

I. INTRODUCTION

L'auteur

L'œuvre

II. RÉSUMÉ DU ROMAN

III. ÉTUDE DES PERSONNAGES

Hans Schwarz

Conrad von Hohenfels

IV. AXES DE LECTURE

Le caractère autobiographique de l'œuvre

Le contexte historique et politique du récit

Une amitié particulière

DANS LA MÊME COLLECTION EN NUMÉRIQUE 11

À PROPOS DE LA COLLECTION 19

L'Ami retrouvé
(Fiche de lecture)

I. INTRODUCTION

L'auteur

Fred Uhlman, peintre et écrivain britannique, est né en 1901, à Stuttgart. Il fréquente le collège de Stuttgart. Il débute des études de droit en 1927 à l'université de Tübingen, puis à Fribourg et Munich, puis il y exerce le métier d'avocat. Mais en 1933 il quitte son pays pour Paris, afin d'échapper au sort réservé aux juifs.

Il débute alors une carrière de peintre. Il part vivre quelque temps en Espagne où il se marie. Il s'installe ensuite en Angleterre en 1938, il créa un centre anti-nazi, et fut convoqué à Cambridge pour tenter d'assassiner Hitler. Pour cette raison, il est emprisonné dans un camp avec des intellectuels, des peintres.

Libéré, il devient Britannique et un peintre célèbre. Il meurt à Londres en avril 1985.

L'œuvre

« L'ami retrouvé », titre anglais original, « Reunion » est publié en 1971. Il est traduit en plus de 11 langues. L'auteur le dédie à Paul et Millicent Bloomfield. Il s'agit d'une autobiographie romancée : de nombreux points communs sont perceptibles entre la vie d'Uhlman et un des personnages de son œuvre, Hans Schwarz.

L'auteur raconte l'amitié impossible entre le narrateur Hans Schwarz, fils d'un médecin juif, et Conrad von Hohenfels, jeune aristocrate, pendant la montée en puissance du régime nazi, en 1932 à Stuttgart. Le livre est précédé d'une préface d'Arthur Koestler qui, qualifiant le livre de « chef-d'œuvre mineur » et de « roman en miniature », le situe entre le roman et la nouvelle. « La lettre de Conrad » est la suite de « l'ami retrouvé », lettre de Conrad pour Hans qu'Hans ne lira jamais.

II. RÉSUMÉ DU ROMAN

À la fin de ses études, Hans reçoit une lettre du Karl Alexander Gymnasium, son ancien lycée avec un fascicule contenant une liste de noms dans lequel il retrouve tous les noms des anciens élèves qui sont morts suite à la guerre. Il commence alors à se remémorer ses jeunes années.

Le début de l'histoire se passe au lycée Karl Alexander Gymnasium à Stuttgart en 1932. Ce lycée est fréquenté par des élèves issus de bonne famille. Le narrateur est un jeune garçon de 16 ans d'origine juive, Hans qui est dans l'attente d'un ami, car il a une idée bien particulière de l'amitié idéale.

Hans Schwarz, fils unique d'un médecin juif, est donc seul et sans véritable ami lorsque l'arrivée dans sa classe d'un garçon d'une famille protestante d'illustre ascendance lui permet de réaliser son exigeant idéal de l'amitié. L'arrivée d'un garçon d'une telle lignée trouble l'ensemble des membres de la classe.

C'est en février 1932 qu'a lieu la rencontre entre Hans et Conrad. Hans observe Conrad et réalise que c'est lui l'ami qu'il a toujours voulu avoir. Pourtant conscient que Conrad appartient à une famille noble et puissante, il ne mesure pas au départ, l'écart entre leurs milieux sociaux. Il veut qu'ils deviennent amis.

Il devient plus assidu en cours et participe pour que Conrad le remarque, il est également volontaire aux exercices difficiles en gymnastique. Enfin, il apporte sa collection de monnaie ancienne en classe afin d'attirer l'attention de Conrad. Dans le livre Conrad apparaît comme une personne inaccessible, mais, peu à peu, ils vont se rendre compte qu'ils ont des passions communes. Ils partagent le même intérêt pour la littérature et les sciences. Ils deviennent inséparables.

Cependant, la mère de Conrad ne voit pas d'un bon œil le nouvel ami de son fils, elle n'aime pas les juifs. Tandis que l'introduction de Conrad au sein de la famille de Hans se passe sans difficulté. Les parents étant honorés de la présence d'un descendant illustre.

Hans trouve l'attitude de Conrad à son égard assez étrange, lorsqu'il le voit à l'opéra avec sa mère : Conrad tente de lui expliquer que sa mère refuse d'accepter son amitié avec juif et qu'il est obligé de lui cacher.

Leur amitié est de nouveau mise à l'épreuve au moment des troubles déclenchés par la venue d'Hitler dans la paisible ville de Stuttgart. Conrad, lui-même, est en admiration devant Hitler. Cet élément est pour Hans le fait déclencheur de la dégradation de ses rapports avec ses camarades et avec Conrad. Leur nouveau professeur d'histoire Herr Pompetzki, propage les idées hitlériennes sur la supériorité de la race aryenne. Hans subit les vexations de ses camarades de classe. Conrad ne l'aide pas et il paraît même soulagé quand il apprend le départ d'Hans.

Les parents d'Hans soupçonnent les problèmes que subit le jeune homme au lycée, ils décident de l'envoyer en Amérique. Là, il débute une carrière d'avocat et tente d'oublier les moments pénibles de son passé. Le père de Hans provoque chez lui, une fuite de gaz, avec sa femme ils décident de mourir en Allemagne.

Après s'être remémoré son adolescence, le narrateur a peur de vérifier si son Ami est mort. Même si ça fait longtemps qu'ils ne se sont pas vus et qu'ils se sont quittés en mauvais termes, la perte physique serait terrible, comme s'il avait perdu deux fois son ami.

Mais lorsqu'il lit : « VON HOHENFELS, Conrad, impliqué dans le complot contre Hitler. Exécuté. » Hans retrouve véritablement son ami d'enfance celui en qui il a partagé tant de secrets. À la fin du livre, on a l'impression qu'il est soulagé de savoir enfin ce qu'est devenu son Ami.

III. ÉTUDE DES PERSONNAGES

Hans Schwarz

Le narrateur est né le 19 janvier 1916. Son père est médecin, d'origine juive, petit-fils de rabbin, il vit dans le quartier où habitent les gens aisés et la riche bourgeoisie de la ville. Hans n'a pas d'amis au lycée, il est isolé et vit replié sur lui-même, c'est un élève moyen : « C'était un élève sérieux, mais sans plus : il n'y avait eu pour moi aucune raison particulière de faire impression sur mes camarades. Puisque je passais mes examens, qui ne me réclamaient pas un grand effort, pourquoi me donner du mal ? »

C'est un garçon silencieux, solitaire. Sa tenue vestimentaire est assez banale. Cultivé, passionné par les collections de pièces de monnaie anciennes ou d'objets divers, et par la littérature. Ses camarades de classe ne l'intéressent pas, selon lui aucun n'est digne de devenir son ami. En effet, il a une conception bien particulière de l'amitié.

L'arrivée dans sa classe d'un garçon d'une famille protestante d'illustre ascendance lui permet de réaliser son exigeant idéal de l'amitié. L'arrivée d'un garçon d'une telle lignée trouble l'ensemble des membres de la classe. C'est en février 1932 qu'a lieu la rencontre entre Hans et Conrad. Hans observe Conrad et réalise que c'est lui l'ami qu'il a toujours voulu avoir.

Il devient plus assidu en cours et participe pour que Conrad le remarque, il est également volontaire aux exercices difficiles en gymnastique. Enfin il apporte sa collection de monnaie ancienne en classe afin d'attirer l'attention de Conrad. Ils deviennent vite inséparables. Mais la montée du nazisme et l'antisémitisme de la mère de Conrad les séparent de plus en plus.

Le 19 janvier 1933, il s'exile aux États-Unis, dans un appartement donnant sur Central Park où il devient avocat, mais il aurait préféré devenir poète.

Conrad von Hohenfels

Il est également né le 19 janvier 1916 et appartient à une famille du Wurtemberg, les Hohenfels, des aristocrates allemands au passé prestigieux. Dès son arrivée, ses origines et son attitude impressionnent ses camarades et ses professeurs.

Il représente l'image de l'élève modèle : « Il portait un pantalon de bonne coupe et au pli impeccable qui, de toute évidence, n'était pas, comme les nôtres, un vêtement de confection... Il paraissait, en quelque sorte, plus âgé et plus mûr que nous et il était difficile de croire qu'il n'était qu'un nouvel élève ». Mais en réalité c'est un garçon très timide.

Il habite une vaste et superbe villa. Comme Hans, il collectionne la monnaie ancienne. Il aime beaucoup et sincèrement son ami, mais ne le présentera jamais à ses parents car ils ont une profonde haine contre les juifs. En effet, sa mère est antisémite et partisane convaincue d'Hitler. Elle a sur le mur de sa chambre des photos d'Hitler et soutient ce parti.

IV. AXES DE LECTURE

Le caractère autobiographique de l'œuvre

Tout d'abord le narrateur a choisi d'écrire le récit de son personnage principal à la première personne du singulier. De plus il y a plusieurs similitudes entre l'auteur et le narrateur : ils sont tous les deux juifs Allemands, leurs parents sont morts victimes du nazisme et ils ont quitté l'Allemagne avant la guerre et ont vécu en exil.

L'auteur se sert de sa propre expérience pour alimenter son récit. Le temps des événements racontés dans le récit est décalé par rapport au temps réel des événements de la vie de l'auteur. Ainsi, l'auteur est né le 19 janvier 1901, dans la nouvelle, le personnage principal est né le 19 janvier 1916 et il quitte l'Allemagne le 19 janvier 1933, jour de son anniversaire (et de celui de l'auteur).

Le récit se passe entre 1932 et 1933. À cette époque, Fred Uhlman est déjà un adulte, tandis que ses personnages ne sont que des adolescents. Conrad, l'ami idéal est un personnage inventé par l'auteur, peut être l'ami imaginaire qu'il aurait voulu avoir.

On peut penser que l'auteur a tenté de se libérer du poids de son passé, en écrivant la version de l'histoire qu'il aurait souhaité vivre. Il manifeste également sa volonté de témoigner, de parler du nazisme, de transmettre son histoire, celle de sa famille. Finalement, ce livre peut être considéré comme un message de réconciliation. C'est en tout cas ce que suggère le titre.

Le contexte historique et politique du récit

Le début de l'histoire se passe au lycée Karl Alexander Gymnasium à Stuttgart en 1932. Ce lycée est fréquenté par des élèves issus de bonne famille. Le narrateur est un jeune garçon de 16 ans d'origine juive. Cette période correspond à la montée en puissance du régime nazi, en Allemagne.

Au fur et à mesure du récit, la situation sociale des juifs se dégrade, comme en témoigne la propagande diffusée par leur nouveau professeur d'histoire, Herr Pompetzki. L'antisémitisme est de plus en plus présent, le narrateur est victime de moqueries ou d'injures de la part de ses camarades. Les parents de ce dernier sont également victimes de nombreuses humiliations.

La situation des juifs est tellement préoccupante, que les parents d'Hans décident d'envoyer leur fils aux États-Unis. Comme lui, beaucoup de juifs sont obligés de s'exiler. Il quitte l'Allemagne le 19 janvier 1933, tandis qu'Hitler devient chancelier du Reich le 30 janvier 1933, puis se fait plébisciter en 1934 comme président, titre qu'il délaissa pour celui de Führer (« guide »). Sa politique expansionniste fut à l'origine du volet européen de la Seconde Guerre mondiale, pendant lequel il fit perpétrer de très nombreux crimes contre l'humanité, dont la Shoah reste le plus marquant.

Une amitié particulière

Il s'agit d'une amitié intense, une amitié romantique possible qu'à l'adolescence. Dès le début du récit, on apprend que le narrateur, est dans l'attente de l'ami idéal. Il l'a trouvé enfin en la personne de Conrad, à partir de leur première rencontre il va tout faire pour qu'ils deviennent amis.

L'amitié est très importante à cet âge. En découvrant les joies de l'amitié Hans découvre aussi qu'une amitié s'entretient. Il y a toujours une demande tacite de l'un et l'adhésion de l'autre : l'exigence de l'un et la tolérance de l'autre. Ils apprennent à faire des compromis comme dans un couple. Il faut que chacun respecte les choix de l'autre sans se juger. Hans se rend compte qu'il est peut être trop exigent envers Conrad.

En effet, beaucoup de choses les séparent : la religion, leur condition sociale, leurs ambitions. En effet l'auteur nous montre tous ce qui pourrait empêcher de jeunes garçons d'être amis, tout d'abord Hans est juif, la mère de Conrad déteste les juifs et a un portrait d'Hitler dans sa chambre c'est pour cette raison que Conrad n'invite son ami chez lui que lorsque ses parents sont absents.

Lorsqu'ils se croisent à l'opéra, Conrad feint de ne pas avoir vu Hans car sa mère ne l'apprécie pas, à ce moment Conrad a peur de perdre son ami. Peu à peu la pression exercée sur les juifs par les Allemands augmente et leur amitié est mise à rude épreuve surtout avec l'avènement d'Hitler.

Alors quand Conrad comprend et apprécie les idées du dictateur, Hans subit les vexations de ses camarades de classe. Conrad n'est pas présent lorsque son ami rencontre des moments difficiles. Conrad est soulagé quand il apprend le départ de Hans.

La montée du nazisme et l'antisémitisme de la mère de Conrad les séparent de plus en plus. Le 19 janvier 1933, jour de leurs anniversaires respectifs, Hans s'exile aux États-Unis. La distance les sépare, mais au fur et mesure du récit de l'amitié d'Hans et Conrad le lecteur comprend la peur du narrateur de vérifier si son Ami est mort.

Même si ça fait longtemps qu'ils ne se sont pas vus et qu'ils se sont quittés en mauvais termes, la perte physique serait terrible, comme s'il avait perdu deux fois son ami. Mais lorsqu'il lit : « VON HOHENFELS, Conrad, impliqué dans le complot contre Hitler. Exécuté. » Hans retrouve véritablement son ami d'enfance celui en qui il a partagé tant de secrets. Leur amitié est en réalité restée gravée dans la mémoire de Hans. À la fin du livre, on a l'impression qu'il est soulagé de savoir enfin ce qu'est devenu son Ami. Les amis se sont finalement « retrouvés » trente et un ans après avoir passé une année scolaire ensemble.

Dans la même collection en numérique

Les Misérables

Le messager d'Athènes

Candide

L'Etranger

Rhinocéros

Antigone

Le père Goriot

La Peste

Balzac et la petite tailleuse chinoise

Le Roi Arthur

L'Avare

Pierre et Jean

L'Homme qui a séduit le soleil

Alcools

L'Affaire Caïus

La gloire de mon père

L'Ordinatueur

Le médecin malgré lui

La rivière à l'envers - Tomek

Le Journal d'Anne Frank

Le monde perdu

Le royaume de Kensuké

Un Sac De Billes

Baby-sitter blues

Le fantôme de maître Guillemin

Trois contes

Kamo, l'agence Babel

Le Garçon en pyjama rayé

Les Contemplations

Escadrille 80

Inconnu à cette adresse

La controverse de Valladolid

Les Vilains petits canards

Une partie de campagne

Cahier d'un retour au pays natal

Dora Bruder

L'Enfant et la rivière

Moderato Cantabile

Alice au pays des merveilles

Le faucon déniché

Une vie

Chronique des Indiens Guayaki

Je voudrais que quelqu'un m'attende quelque part

La nuit de Valognes

Œdipe

Disparition Programmée

Education européenne

L'auberge rouge

L'Illiade

Le voyage de Monsieur Perrichon

Lucrèce Borgia

Paul et Virginie

Ursule Mirouët

Discours sur les fondements de l'inégalité

L'adversaire

La petite Fadette

La prochaine fois

Le blé en herbe

Le Mystère de la Chambre Jaune

Les Hauts des Hurlevent

Les perses

Mondo et autres histoires

Vingt mille lieues sous les mers

99 francs

Arria Marcella

Chante Luna

Emile, ou de l'éducation
Histoires extraordinaires
L'homme invisible
La bibliothécaire
La cicatrice
La croix des pauvres
La fille du capitaine
Le Crime de l'Orient-Express
Le Faucon malté
Le hussard sur le toit
Le Livre dont vous êtes la victime
Les cinq écus de Bretagne
No pasarán, le jeu
Quand j'avais cinq ans je m'ai tué
Si tu veux être mon amie
Tristan et Iseult
Une bouteille dans la mer de Gaza
Cent ans de solitude
Contes à l'envers
Contes et nouvelles en vers
Dalva
Jean de Florette
L'homme qui voulait être heureux
L'île mystérieuse
La Dame aux camélias
La petite sirène
La planète des singes
La Religieuse
1984 A l'Ouest rien de nouveau
Aliocha
Andromaque
Au bonheur des dames
Bel ami
Bérénice
Caligula
Cannibale
Carmen

Chronique d'une mort annoncée

Contes des frères Grimm

Cyrano de Bergerac

Des souris et des hommes

Deux ans de vacances

Dom Juan

Electre

En attendant Godot

Enfance

Eugénie Grandet

Fahrenheit 451

Fin de partie

Frankenstein

Gargantua

Germinal

Hamlet

Horace

Huis Clos

Jacques le fataliste

Jane Eyre

Knock

L'homme qui rit

La Bête humaine

La Cantatrice Chauve

La chartreuse de Parme

La cousine Bette

La Curée

La Farce de Maitre Pathelin

La ferme des animaux

La guerre de Troie n'aura pas lieu

La leçon

La Machine Infernale

La métamorphose

La mort du roi Tsongor

La nuit des temps

La nuit du renard

La Parure

La peau de chagrin

La Petite Fille de Monsieur Linh

La Photo qui tue

La Plage d'Ostende

La princesse de Clèves

La promesse de l'aube

La Vénus d'Ille

La vie devant soi

L'alchimiste

L'Amant

L'Ami retrouvé

L'appel de la forêt

L'assassin habite au 21

L'assommoir

L'attentat

L'attrape-coeurs

Le Bal

Le Barbier de Séville

Le Bourgeois Gentilhomme

Le Capitaine Fracasse

Le chat noir

Le chien des Baskerville

Le Cid

Le Colonel Chabert

Le Comte de Monte-Cristo

Le dernier jour d'un condamné

Le diable au corps

Le Grand Meaulnes

Le Grand Troupeau

Le Horla

Le jeu de l'amour et du hasard

Le Joueur d'échecs

Le Lion

Le liseur

Le malade imaginaire

Le Mariage de Figaro

Le meilleur des mondes

Le Monde comme il va

Le Parfum

Le Passeur

Le Petit Prince

Le pianiste

Le Prince

Le Roman de la momie

Le Roman de Renart

Le Rouge et le Noir

Le Soleil des Scortas

Le Tartuffe

Le vieux qui lisait des romans d'amour

L'Ecole des Femmes

L'Ecume Des Jours

Les Bonnes

Les Caprices de Marianne

Les cerfs-volants de Kaboul

Les contes de la Bécasse

Les dix petits nègres

Les femmes savantes

Les fourberies de Scapin

Les Justes

Les Lettres Persanes

Les liaisons dangereuses

Les Métamorphoses

Les Mouches

Les Trois mousquetaires

L'étrange cas du Dr Jekyll et de Mr Hyde

L'Ile Au Trésor

L'île des esclaves

L'illusion comique

L'Ingénu

L'Odyssée

L'Ombre du vent

Lorenzaccio

Madame Bovary

Manon Lescaut

Micromégas

Mon ami Frédéric

Mon bel oranger

Nana

Ne tirez pas sur l'oiseau moqueur

Notre-Dame de Paris

Oliver twist

On ne badine pas avec l'amour

Oscar et la dame rose

Pantagruel

Le Misanthrope

Perceval ou le conte du Graal

Phèdre

Ravage

Roméo et Juliette

Ruy Blas

Sa Majesté des Mouches

Si c'est un homme

Stupeur et tremblements

Supplément au voyage de Bougainville

Tanguy

Thérèse Desqueyroux

Thérèse Raquin

Ubu Roi

Un Barrage contre le Pacifique

Un long dimanche de fiançailles

Un secret

Vendredi ou la vie sauvage

Vipère au poing

Voyage au bout de la nuit

Voyage au centre de la terre

Yvain ou le Chevalier au lion

Zadig

À propos de la collection

La série FichesdeLecture.com offre des contenus éducatifs aux étudiants et aux professeurs tels que : des résumés, des analyses littéraires, des questionnaires et des commentaires sur la littérature moderne et classique. Nos documents sont prévus comme des compléments à la lecture des oeuvres originales et aide les étudiants à comprendre la littérature.

Fondé en 2001, notre site FichesdeLectures.com s'est développé très rapidement et propose désormais plus de 2500 documents directement téléchargeables en ligne, devenant ainsi le premier site d'analyses littéraires en ligne de langue française.

FichesdeLecture est partenaire du Ministère de l'Education du Luxembourg depuis 2009.

Plus d'informations sur www.fichesdelecture.com

ISBN: 978-2-511-02807-0

Notes :